www.ingramcontent.com/pod-product-compliance
Lightning Source LLC
LaVergne TN
LVHW050822051026
849532LV00008B/3068
9789369087297

بڑوں نے لکھا بچوں کے لئے۔۔۔ ۸

بچوں کے میرزا ادیب

جمع و ترتیب: اعجاز عبید

Bachchon ke Mirza Adeeb *(Kids Stories)*

by: Mirza Adeeb

Edition: April '2025

Publisher :

Taemeer Publications LLC (Michigan, USA / Hyderabad, India)

ISBN 978-93-6908-729-7

9 789369 087297

کتاب	:	**بچوں کے میرزا ادیب** (کہانیاں)
مصنف	:	**میرزا ادیب**
صنف	:	ادب اطفال
ناشر	:	تعمیر پبلی کیشنز (حیدرآباد، انڈیا)
سالِ اشاعت	:	۲۰۲۵ء
صفحات	:	۵۲
سرورق ڈیزائن	:	تعمیر ویب ڈیزائن

کون سی کہانی کہاں؟

میری کہانی

کسی نے جو کہا ہے کہ زندگی پھولوں کی سیج نہیں تو درست ہی کہا ہے۔ زندگی پھولوں کی سیج بھی ہے اور کانٹوں کا بستر بھی۔ مطلب یہ کہ زندگی میں دُکھ ہی دُکھ نہیں سُکھ بھی ہے۔ دُنیا میں کوئی انسان ایسا نہیں ہے جس کی زندگی میں صِرف دُکھ ہو اور سُکھ نہ ہو۔۔۔ سُکھ ہو اور دُکھ نہ ہو! واقعہ یہ ہے کہ اگر دُکھ نہ ہو تو سُکھ کا بھی مزا نہیں ہے۔ تم نے کبھی نہ

کبھی میٹھے چشمے کا پانی ضرور پیا ہوگا۔ فرض کرو یہ چشمہ تمہارے گھر کے
عین سامنے ہے۔ چند قدم چل کر پانی پی لیتے ہو کیا لطف ہے اس
طرح میٹھا پانی پینے میں۔ اصل لطف میٹھے پانی کا اس وقت آتا ہے
جب تم کہیں دُور سے تھک تھکا کر آؤ۔ پیاس زور سے لگی ہو۔۔۔
اس وقت چشمے کے کنارے پہنچ کر کے پانی کا گلاس اپنے ہونٹوں
سے لگاؤ تو ایسا مزا آتا ہے کہ بیان ہی نہیں ہو سکتا۔

میں تمہیں ایک ایسا واقعہ سناتا ہوں، جس میں تلخی بھی ہے اور مٹھاس
بھی۔ ہوا یوں کہ میں ایک مرتبہ سکول سے آتے ہوئے گھر کا راستہ
بھول گیا۔ میں ایک درخت کے نیچے کھڑا تھا اور سوچ رہا تھا کہ کیا
کروں، کس طرح گھر جاؤں اور کس سے مدد مانگوں کہ راہ بھُول کر اِدھر
آ نِکلا ہوں۔

تم کو ایسا تجربہ ہوا ہے کبھی؟ ممکن ہے ہوا ہو۔ اور نہیں بھی ہوا تو کیا حرج ہے۔ تم سوچ تو سکتے ہو نا۔ یہ ضروری نہیں کہ آدمی اُسی بات کو سمجھ سکے جس کا تجربہ ہو چکا ہو اور اس کا بالکل اندازہ نہ کر سکے جس کا اسے تجربہ نہ ہو! سوچ بھی تو ایک بہت بڑی چیز ہے۔ خیر مجھے اپنی کہانی سنانی چاہیے۔ تو ایسا ہوا کہ میں نے اُس وقت دُور سے ایک آدمی کو آتے دیکھا۔ وہ ادھر ہی آ رہا تھا جدھر میں کھڑا تھا۔ شاید اس نے مجھے دیکھ لیا ہو۔ نہیں ایسا نہیں ہو سکتا تھا۔ میں درخت کے نیچے اس طرح چھپ کر کھڑا تھا کہ قریب سے گزرنے والا بھی مجھے مُشکل سے دیکھ سکتا تھا۔ وہ آیا۔۔۔ اور قریب آ گیا۔ اور بالکل میرے سامنے پہنچ گیا۔ پہلے تو میں چُپ چاپ کھڑا تھا اور اب جو آدمی کو آتے دیکھ تو رونا شروع کر دیا۔ اور رونا اس لئے شروع کر دیا کہ وُہ مجھے

دیکھ لے اور میرے پاس آجائے۔ چنانچہ یہی ہوا۔ وہ آ گیا میرے پاس۔ اس کے الفاظ اب تک مجھے یاد ہیں۔ کہنے لگا۔

''روتے کیوں ہو میاں!'' اس کے لہجے میں بڑی نرمی تھی۔

پتا نہیں میں نے کیا کہا۔ یہی کہا ہوگا کہ گھر کا راستہ بھول گیا ہوں اور کیا کہہ سکتا تھا۔ ہاں بھئی یہ بات تو تمہیں بتانا بھول ہی گیا کہ اب بارش کا آغاز بھی ہو چکا تھا۔ تیز بارش نہیں تھی۔ ایسی بارش تھی جسے ہم بوندا باندی کہتے ہیں۔ اس نے لمبا سا کوٹ پہن رکھا تھا۔ بڑی مہربان شکل تھی اُس کی۔ اُس نے مُنہ سے کُچھ نہ کہا۔ میرا ہاتھ پکڑلیا اور کوٹ کے بٹن کھول کر مُجھے اس کے اندر لے لیا۔ مُجھے خوب یاد ہے کہ چند قدم چلنے کے بعد میرا بستہ ہاتھ سے گر پڑا۔ اس نے یہ بستہ اٹھا کر اپنی بغل میں داب لیا۔

میں کدھر جا رہا ہوں؟ کوئی خبر نہیں مجھے۔ یہ شخص کون تھا؟ میں کیسے جان سکتا تھا!

وُہ چلتا گیا۔ میں بھی چلتا گیا۔ ہم دونوں چلتے گئے اور ہلکی ہلکی بارش ہوتی رہی۔ بادل گرجتا اور بجلی چمکتی رہی۔

ہم کتنی دیر کے بعد ایک مکان میں پہنچے تھے۔ یہ بات میں اب بھول گیا ہوں۔ جس کمرے میں وہ شخص مجھے لے آیا تھا بڑا خوبصورت کمرہ تھا۔ ایک طرف آرام کرسی پر ایک عورت بیٹھی تھی۔ اس آدمی نے مجھے ایک کرسی پر بٹھا دیا اور کوٹ اُتار کر اس عورت کو دیا۔ عورت بڑے غور سے میری طرف دیکھ رہی تھی۔ کوٹ لیتے ہوئے اُس نے جھک کر میری جانب دیکھا اور پھر کوٹ اُٹھا کر پردہ ہٹا کر دوسرے کمرے میں چلی گئی۔ وُہ شخص بھی اس کے پیچھے چلا گیا۔

تھوڑی دیر بعد دونوں آئے تو وُہ عورت اب میری طرف دیکھ کر مُسکرا رہی تھی۔ اس نے ایک پلیٹ اُٹھا رکھی تھی جس میں طرح طرح کے بسکٹ پڑے تھے۔ وہ میرے پاس آ کر بیٹھ گئی اور کہنے لگی۔

''اچھا تو تُم راستہ بھول گئے ہو۔ اوہو! کوئی بات نہیں۔ دیکھو! میں جب تُمھاری عُمر کی تھی نا تو ہر روز راستہ بھول جاتی تھی۔ کبھی کِسی جنگل میں پہنچ جاتی تھی۔ کبھی کسی بازار میں۔ سچ مُجھے تو بڑا مزا آتا تھا راستہ بھول جانے میں۔۔۔ جی چاہتا ہے اب بھی راستہ بھُول جایا کروں!'' یہ کہتے ہوئے وہ ہنس پڑی۔

پہلے پہل تو میں نے اُس کی باتوں میں کوئی دلچسپی نہ لی۔ ڈرا بھی دِل سے نِکلا کب تھا اور پھر وہ عورت بالکل اجنبی تھی۔ اجنبی لوگوں سے مانوس ہونے میں کچھ نہ کچھ دیر تو لگتی ہے نا! وُہ مجھ سے باتیں کرنے

لگی۔ کون سی جماعت میں پڑھتے ہو؟ کیا نام ہے تمہارا؟ ابّا جی کیا کام کرتے ہیں؟ ایسے نہ جانے کتنے سوال کر ڈالے۔

اُس نے۔۔۔ میں کبھی جواب میں رو پڑتا تھا اور کبھی خاموشی سے اُس کا مُنہ دیکھنے لگتا تھا۔ اُس کا شوہر (وُہ شوہر ہی تو ہوگا اس کا) بھی وہیں آگیا تھا۔ وُہ بھی ان باتوں میں شامل ہو گیا تھا۔ دونوں بڑی محبّت، بڑے پیار سے باتیں کر رہے تھے اور میری جھجک اور خوف آہستہ آہستہ دُور ہوتا جا رہا تھا۔ عورت نے بار بار اصرار کر کے مجھے بسکٹ کھلائے، دودھ پلایا اور تھوڑی دیر بعد پھل بھی منگوالیا۔ ویسے تو دونوں کی باتوں میں بڑی مٹھاس تھی مگر عورت کی آواز میں خاص طور پر بڑی شفقت، بڑی ملائمت اور بڑی محبت تھی۔

نہ جانے یہ باتیں کب تک جاری رہیں۔ آہستہ آہستہ میری پلکیں جھپکنے لگیں۔ نیند آگئی آنکھوں میں۔ اُس نے بازوؤں سے اُٹھا کر مُجھے ایک پلنگ پر لٹا دیا۔

صُبح جاگا تو نے اپنے سامنے دو آنکھیں دیکھیں جو مُجھ پر جھُکی ہوئی تھیں۔ ان آنکھوں میں بے پناہ پیار، بے پناہ شفقت تھی۔ ''جاگ اُٹھے بیٹا؟'' عورت نے کہا۔

میں نے اِرد گرد نظر ڈالی تو اچانک اجنبی ماحول کا احساس کر کے مُجھے یاد آگیا کہ میں گھر کا راستہ بھول کر اِدھر آ نِکلا ہوں اور شاید میں کُچھ گھبرا گیا۔

''تمہارے گھر کا پتا مل گیا ہے۔ ناشتے کے بعد وُہ چھوڑ آئیں گے تمہیں۔'' اس نے اپنے ہاتھ سے میرا مُنہ دھویا صابن مل کر۔ بال

سنوارے اور پھر میز پر لے آئی ۔ ناشتا کروایا اور جب میں فارغ ہو گیا تو نیچے لے آئی ۔ وہاں اس کا شوہر کھڑا شاید میرا انتظار کر رہا تھا ۔ میں کمرے سے باہر نکلنے لگا تو اس نے بڑی شفقت سے میرے سر پر ہاتھ پھیرا اور کہنے لگی ۔

''اب کبھی راستہ بھُول جاؤ تو اِدھر آ جانا ۔''

یہ ایک عام سا واقعہ ہے مگر میں اسے اب تک نہیں بھُول سکا ۔ وہ پہلا موقعہ تھا جب مُجھے اس چیز کا احساس ہوا جسے اِنسانی محبت کہتے ہیں ۔ ہم انسان ایک دوسرے سے محبّت کرتے ہیں ۔ کم بھی اور زیادہ بھی اور یہ محبّت اس وجہ سے ہوتی ہے کہ جس سے محبّت کی جاتی ہے وہ یا تو کوئی رشتہ دار ہوتا ہے یا دوست ۔ ہم میں ایک تعلّق ہوتا ہے ، تعلّق کے بغیر کہاں محبّت ہوتی ہے لیکن جب کوئی اجنبی شخص

کسی اجنبی کے آرام کا خیال کرے، اس کی خاطر تواضع کرے تو یہ ہوتی ہے سچّی محبت۔ کیونکہ اِس سے کوئی فائدہ حاصل نہیں ہو سکتا۔

مُجھے جب کبھی ناخوشگوار واقعات گھیرتے ہیں اور میری زندگی میں تلخیاں بھر جاتی ہیں تو اس واقعے کی یاد ایک میٹھا چشمہ بن جاتی ہے۔ جس سے میرے دل و دماغ میں مٹھاس سی آ جاتی ہے اور میرے سرد ولولے پھر تازہ ہو جاتے ہیں۔

جس دُنیا میں ایسے اجنبی ملتے ہوں جو بغیر کسی غرض کے، بغیر کسی فائدے کے سچّی محبّت کریں، سچّا پیار دیں۔ وُہ دُنیا بھلا رہنے کے قابل کیوں نہیں ہے۔ جس زندگی میں تلخیوں کے باوجود میٹھے چشمے بھی ہوں۔۔۔ اُس زندگی میں لطف، کیوں نہیں ہے؟

***

شرفو کی کہانی

وہ ایک لکڑہارا تھا۔ ساری عمر اس نے جنگلوں میں جا کر لکڑیاں کاٹ کر انھیں بیچا تھا اور اپنی اس محنت سے جنگل سے کچھ دور ایک چھوٹا سا مکان بنوایا تھا،، جس میں وہ، اس کی بیوی اور جوان بیٹا رہتا تھا۔ بیوی کا نام نادی تھا اور بیٹے کا شرفو۔ تینوں آرام اور سکون سے زندگی بسر کر رہے تھے۔ کام صرف لکڑہارا کرتا تھا۔ بیوی اور بیٹا کوئی ایسا کام نہیں کرتے تھے جس میں آمدنی میں اضافہ ہو۔ بیوی ہانڈی روٹی پکاتی تھی اور بیٹا گھر ہی میں رہ کر چھوٹے کام کرتا تھا۔

لکڑہارا بوڑھا ہو گیا تھا۔ بڑھاپے کی وجہ سے اس میں پہلے سی ہمت نہیں رہی تھی۔ وہ آئے دن بیمار ہی رہتا تھا، مگر اسے کوئی ایسی پریشانی نہیں تھی۔ سمجھتا تھا کہ میرا اشرفو اب بچہ نہیں رہا۔ آسانی سے گھر کی ذمہ داریاں سنبھال سکتا ہے۔ شرفو کی ماں کا بھی یہی خیال تھا، اس لیے اسے بھی کسی قسم کی فکر نہیں تھی۔

ایک صبح لکڑہارا جاگا تو اس نے محسوس کیا کہ بڑا کم زور ہو گیا ہے۔ جنگل میں جا کر لکڑیاں کاٹنا اس کے لیے مشکل ہے۔ اس کا بیٹا صبح ناشتے سے فارغ ہو چکا تھا اور اس بات پر حیران ہو رہا تھا کہ اس کا باپ معمول کے مطابق صبح سویرے گھر سے نکلا کیوں نہیں۔ چارپائی پر لیٹا کیوں ہے؟

لکڑہارا سمجھ گیا کہ اس کا بیٹا کیا سوچ رہا ہے۔ اس نے شرفو کو اشارے سے اپنے پاس بلایا اور پیار سے بولا: ''شرفو بیٹا!''

''جی، ابا جی!''

''دیکھو بیٹا! اب اپنے گھر کی ذمہ داری تمھیں سنبھالنا ہوگی۔ میں بوڑھا ہو گیا ہوں، بیمار بھی ہوں۔''

''تو فرمائیے ابا جی!'' شرفو نے پوچھا۔

''بیٹا! جو کام میں نے ساری عمر کیا ہے، وہ اب تم کرو۔ لکڑیاں کاٹنا آسان کام نہیں ہے، مگر تم ہمت والے اور طاقت ور ہو۔ شروع شروع میں یہ کام ذرا مشکل لگے گا۔ پھر رفتہ رفتہ آسان ہو جائے گا۔ میں تمھیں برابر مشورے دیتا رہوں گا، جو تمھارے لیے مفید ہوں گے۔ سمجھ گئے بیٹا!''

شرفو نے ہاں میں سر ہلا دیا۔

''شاباش بیٹا! مجھے تم سے یہی امید تھی۔ شوق سے کام کرو گے تو ڈھیر سارے پیسے کما لو گے۔''

شرفو کی ماں پاس ہی کھڑی یہ گفتگو سن رہی تھی۔ شرفو کے باپ نے اس کی طرف دیکھ کر کہا: ''نادی! میرا کلہاڑا لے آؤ۔''

نادی اندر سے کلہاڑا لے آئی۔

''بیٹا! یہ ہمارا ورثہ ہے۔ اس کی حفاظت کرتے رہنا، کیوں کہ اس کے ذریعے سے ہی تو ایک لکڑہارا پیڑ سے لکڑیاں کاٹتا ہے۔''

یہ کہتے ہی لکڑہارا چارپائی سے اٹھ بیٹھا۔ اس نے کلہاڑا اٹھا کر شرفو کے کندھے پر رکھ دیا اور اسے بتانے لگا کہ اچھے پیڑ کہاں کہاں ہیں۔ کتنی لکڑیاں ہر روز کاٹنی ہوں گی اور انھیں کس طرح گٹھا بنا کر سر پر اٹھا کر

شہر میں وہاں لے جانا ہوگا، جس جگہ لکڑیاں بیچی جاتی ہیں، لکڑہارے نے اسے اس جگہ کا نام بھی بتا دیا۔

شرفو بڑے شوق سے باپ کی باتیں سن رہا تھا۔ اس کا یہ شوق دیکھ کر اس کے ماں باپ دونوں بہت خوش تھے۔

جب لکڑہارے نے وہ سب کچھ بتا دیا، جو وہ اپنے بیٹے کو بتانا چاہتا تھا تو کہنے لگا: ''لو شرفو! آج سے کام شروع کردو۔''

شرفو کی ماں نے بیٹے کو ڈھیروں دعائیں دیں اور شرفو کلہاڑا کندھے سے لگائے اپنے گھر سے نکل گیا۔ جنگل کا راستہ وہ اچھی طرح جانتا تھا۔ ابھی سورج طلوع نہیں ہوا تھا کہ وہ باپ کی بتائی ہوئی جگہ پر پہنچ گیا۔ بیسیوں پیڑ تھوڑے تھوڑے فاصلے پر ایک قطار میں کھڑے

تھے۔ اس کے باپ نے بتایا تھا کہ پہلے پیڑ کی شاخیں جھکی ہوئی ہیں، ان شاخوں کو کاٹنا آسان ہے، پہلے یہی شاخیں کاٹنا۔

وہ ایک لمبی جھکی ہوئی شاخ کو کاٹنے کی کوشش کر رہا تھا کہ اچانک اس کی نظر شاخ کے اس مقام پر پڑی، جہاں سے یہ پیڑ سے پھوٹی تھیں۔ اس نے دیکھا کہ وہاں چڑیوں نے ایک گھونسلا بنا رکھا ہے۔ اس نے دو تین بچے بھی اس گھونسلے میں دیکھ لیے تھے۔ یہ گھونسلا دیکھ کر فوراً اس کے ذہن میں یہ سوال اٹھا: میں نے یہ شاخ کاٹی تو کیا گھونسلا تباہ نہیں ہو جائے گا؟

اس نے اپنے سوال کا خود جواب دیا: ''بالکل تباہ ہو جائے گا اور وہ بچے جو اس گھونسلے میں پرورش پا رہے ہیں، نیچے گر کر مر جائیں گے اور ان کے ماں باپ کو بڑا دکھ ہوگا۔''

اس نے کلہاڑا اس شاخ کو کاٹنے کے لیے اٹھایا ہی تھا کہ یکایک اس کا ہاتھ رک گیا۔

وہ آہستہ سے بولا: ''نہیں، میں یہ ظلم نہیں کر سکتا۔''

اور وہ اس پیڑ کے سائے میں بیٹھ گیا۔

کئی باتیں اس کے ذہن میں آگئیں۔ میرے باپ نے لکڑیاں کاٹنے کے لیے بھیجا ہے۔ اس کا حکم مانتا ہوں تو وہ خوش ہوگا۔ میں لکڑیاں بیچ کر پیسے کما لوں گا، لیکن یہ ان چڑیوں پر ظلم ہوگا، جنھوں نے یہاں گھونسلا بنا رکھا ہے۔ وہ سوچتا رہا کہ ماں باپ کا حکم مانے یا ان بیچاری چڑیوں کے گھونسلے کو سلامت رکھے۔ اس کی نظر بار بار گھونسلے پر جم جاتی تھی۔ آخر وہ اٹھ بیٹھا اور پکے ارادے کے ساتھ واپس گھر روانہ ہو گیا۔ اس کا باپ گھر کے باہر چارپائی پر لیٹا اس کا انتظار کر رہا تھا۔

شرفو کو دیکھا تو بولا : ''شرفو بیٹا ! جلدی آ گئے ہو۔ بڑی جلدی لکڑیاں بک گئی ہیں۔''

''نہیں ابا جان !''

''کیا بات ہے ؟''

''ابا جان ! میں پیڑ پر کلہاڑا نہیں چلا سکا۔''

''کیوں ؟'' لکڑہارا حیران ہو کر بولا۔

شرفو نے جو کچھ دیکھا تھا، وہ باپ کو بتا دیا اور اس سے پہلے کہ اس کا باپ کچھ کہے، اس کی ماں نے کہا : ''بیٹا ! اس پیڑ پر چڑیوں نے گھونسلا بنا رکھا تھا تو اسے چھوڑ کر دوسرے پیڑ کی شاخیں کاٹ لیتے۔''

شرفو نے جواب دیا: ''اماں! وہاں بھی پرندوں نے گھونسلا بنا رکھا تھا۔ کیسے کاٹتا اسے۔''

لکڑہارا اپنے بیٹے کی بات سن کر بہت خفا ہوا اور غصے سے کہنے لگا:

''او احمق! لکڑہارا یہ نہیں دیکھتا کہ پیڑ پر پرندوں کا گھونسلا ہے یا نہیں۔ اسے لکڑیاں کاٹ کر بیچنی ہوتی ہیں۔ تم نے بڑی احمقانہ حرکت کی ہے۔ میں نہیں سمجھتا، تم اتنے پاگل ہو گے۔''

لکڑہارا غصے میں جانے اور کیا کہہ دیتا کہ اس کی بیوی نے سرگوشی میں سمجھایا: ''آخر بچہ ہے اور کچھ نہ کہو۔ دو تین دن ٹھہر جاؤ۔ اپنی ذمے داری سنبھال لے گا۔''

دو دن بیت گئے تو پھر باپ نے بیٹے کو ایک اور مقام کا پتا بتایا اور تاکید کی خبردار! پیڑ پر ضرب لگانے سے پہلے اوپر نہیں دیکھنا۔''

شرفو نے عہد کرلیا کہ وہ پہلے کی طرح اوپر نہیں دیکھے گا اور باپ کے بتائے ہوئے مقام پر چلا گیا۔ اسے اپنا وعدہ یاد تھا۔ چناں چہ پہلے پیڑ کے پاس پہنچ کر اس نے اوپر نہ دیکھا۔ وہ نیچے دیکھتے ہوئے کلہاڑا مارنے لگا کہ اس کی نظر پیڑ کے نیچے اس جنگلی پھل پر پڑی، جسے بعض لوگ ہانڈی میں پکا کر کھاتے ہیں۔

ایک سوال ذہن میں ابھر آیا: اس پیڑ پر یہ پھل لگتا ہے۔ میں اسے کیوں نقصان پہنچاؤں؟ کیا اس کی شاخیں کاٹنے سے اس پھل کا کچھ حصہ ضائع نہیں ہو جائے گا؟ کیا یہ ان لوگوں کے ساتھ زیادتی نہیں ہو گی جو اسے ہانڈی میں پکا کر کھاتے ہیں؟

وہ دیر تک اس پیڑ کے نیچے بیٹھا رہا اور سوچتا رہا۔

اس روز جب لکڑہارے نے اپنے بیٹے کو دیر سے آتے دیکھا تو اسے یقین ہو گیا کہ اب یہ ضرور لکڑیاں بیچ کر پیسے لایا ہے۔ وہ خوش ہو کر بولا: ''آج میرا بیٹا کافی پیسے لے کر آیا ہے۔ ہے نا، کیوں شرفو؟''

''نہیں ابا جان! میں کوئی پیسہ نہیں لایا۔'' پھر اس نے باپ کو پیڑ نہ کاٹنے کی وجہ بتا دی۔ بیٹے کی بات سنتے ہی لکڑہارے کے تن بدن میں آگ لگ گئی۔

''تو کچھ نہیں کر سکے گا۔ تجھے لکڑیاں کاٹ کر بیچنے کے لیے بھیجا تھا، پیڑ کا پھل دیکھنے کے لیے نہیں۔''

''میں کیا کرتا ابا جان! آپ جانتے نہیں، لوگ اس پھل کو پکا کر کھاتے ہیں۔''

باپ گرجا: ''تو تمھیں کیا؟ لوگ پھل پکا کر کھاتے ہیں، تم تو نہیں۔''

''ابا جی! وہ لوگ بھی تو ہمارے جیسے ہیں نا۔''

لکڑہارے کا غصہ بڑھتا جا رہا تھا کہ اس کی بیوی نے پھر اسے سمجھایا:

''بس اب اور کچھ نہ کہو۔ مجھے امید ہے، شرفو سیدھے راستے پر آ جائے گا۔''

لکڑہارا بولا: ''اب کے میں برداشت کر لیتا ہوں۔ آئندہ اس نے ایسی بیہودہ حرکت کی تو میں اسے گھر سے نکال دوں گا۔''

چند دن گزر گئے۔ لکڑہارے نے اس مرتبہ پرانے درختوں کا پتا بتا کر کہا: ''خبردار! اب کے کوئی بہانہ نہ بنانا، پیسے لے کر گھر آنا۔''

شرفو جنگل میں گیا۔ اس نے پرانے پیڑ دیکھے۔ بہت بوڑھے ہو چکے تھے۔ انھیں دیکھ کر وہ سوچنے لگا: انھوں نے برسوں تک مسافروں کے لیے ٹھنڈے سائے مہیا کیے ہیں۔ تھکے ہوئے لوگ ان کے

نیچے بیٹھ کر سکون حاصل کرتے رہے ہیں۔ انھیں کاٹنا انسان کے
ان محسنوں کا احسان ماننے کے بجائے ان پر الٹا ظلم نہیں ہو گا؟
اور وہ واپس آنے لگا۔ راستے میں ایک نہر پڑتی تھی۔ اس کے پل پر
سے گزرتے ہوئے اس نے کلہاڑا نیچے پانی میں پھینک دیا کہ نہ یہ ہوگا
اور نہ مجھے لکڑیاں کاٹنے کے لیے کہا جائے گا۔ شہر میں ایک بازار
سے گزرتے ہوئے اس نے کئی دکانوں کو دیکھ کر سوچا: یہ اچھا کام
ہے۔ میں بھی ابا جان سے کہہ کر بازار میں ایک دکان کھول لوں گا۔
اس روز وہ شام کے قریب اپنے گھر پہنچا۔ لکڑہارے کو پورا یقین تھا
کہ اس کا بیٹا ضرور لکڑیاں بیچ کر آیا ہے۔
''تو آج تم نے کیا کام کیا ہے؟''

باپ کا یہ سوال سن کر شرفو بولا : ''ابا جان! پیڑ تو میں نہیں کاٹ سکا۔ وہ ساری عمر مسافروں کو ٹھنڈے سائے دیتے رہے ہیں۔ میں نے سوچ لیا ہے کہ بازار میں دکان پر بیٹھا کروں گا۔''

بیٹے کے منہ سے جیسے ہی یہ لفظ نکلے لکڑہارا اپنے غصے پر قابو نہ رکھ سکا اور اسے اسی وقت گھر سے نکال دیا۔ ماں نے دخل دینا چاہا تو لکڑہارے نے اسے بھی جھڑک دیا : ''بس، بس اب تم ایک لفظ نہیں کہو گی۔''

شرفو گھر سے نکل کر چلنے لگا۔ اس کا کوئی ٹھکانا تو تھا نہیں۔ کہاں جا سکتا تھا؟ چلتا گیا، چلتا گیا، یہاں تک کہ اس قدر تھک گیا کہ اس کے لیے ایک قدم اٹھانا بھی دوبھر ہو گیا تھا۔ قریب ہی ایک بڑی شان دار حویلی تھی۔ وہ اس کے دروازے پر گر پڑا اور بے ہوش ہو گیا۔

ادھر لکڑہارا اور اس کی بیوی اپنے بیٹے کی جدائی میں تڑپ رہے تھے۔ لکڑہارا بری طرح پچھتا رہا تھا کہ اس نے بیٹے کو گھر سے کیوں نکال دیا تھا۔ ایک دن دونوں بیٹے کی باتیں یاد کر کے رو رہے تھے کہ ان کے مکان کے آگے ایک بگھی رکی۔ اس میں سے ایک شخص اترا اور لکڑہارے کے دروازے پر دستک دینے لگا۔

''کیوں جناب! کیا بات ہے؟'' لکڑہارے نے دروازہ کھول کر اس آدمی سے پوچھا۔

''آپ کو، آپ کی بیوی کو نادر خاں نے بلایا ہے۔''

''نادر خاں کون؟'' لکڑہارے نے یہ نام پہلی بار سنا تھا۔

''آپ نے نادر خاں کا نام نہیں سنا؟''

''جی نہیں۔''

''وہ بڑے آدمی ہیں، سب ان کی عزت کرتے ہیں۔ مہربانی کر کے بگھی میں بیٹھ جائیں۔''

لکڑہارا اور اس کی بیوی بگھی میں بیٹھ گئے۔ بگھی انھیں ایک بڑے خوب صورت اور شاندار باغ میں لے آئی۔

وہ باغ کو دیکھ دیکھ کر حیران ہو رہے تھے کہ ایک طرف سے آواز آئی: ''ابا جان! اماں!''

''ارے شرفو!'' لکڑہارا اور اس کی بیوی اپنے بیٹے کو دیکھ کر حیران ہو گئے۔ شرفو نے اعلیٰ قسم کا لباس پہن رکھا تھا اور بہت خوش لگتا تھا۔

''تم یہاں کہاں؟'' شرفو کی ماں نے پوچھا۔

شرفو کہنے لگا: ''اماں! اس شام جب ابا جان نے مجھے گھر سے نکالا تھا تو میں تھک کر ایک حویلی کے دروازے پر گر پڑا۔ اس حویلی کے مالک

نادر خاں ہیں، جنھوں نے یہ دیکھ کر کہ مجھے پیڑوں اور پرندوں سے بڑی محبت ہے، اپنے اس باغ کا مالی بنا دیا ہے۔ وہ ہیں میرے محسن۔''

نادر خاں قریب آ گئے اور کہنے لگے: ''واقعی شرفو کی اس بات نے مجھے بہت متاثر کیا تھا کہ اسے پیڑوں کا بڑا خیال ہے۔ پیڑوں سے محبت کرتا ہے۔ میں نے اسے اپنے باغ کے پیڑوں کی رکھوالی کا کام سپرد کر دیا ہے۔ وہ یہاں نئے نئے پیڑ لگائے گا اور ان کی حفاظت کرے گا، اس نے پیڑوں سے محبت کی ہے اور پیڑوں نے اس محبت کا یہ بدلہ دیا ہے۔''

شرفو کے اصرار پر اس کے ماں باپ بھی وہیں رہنے لگے اور خوشی خوشی زندگی بسر کرنے لگے۔

★★★

ٹائپنگ : مقدس حیات، پروف ریڈنگ : فہیم اسلم

تتلی کا پَر

اس روز پروفیسر رحمت علی کے گھر میں بڑی رونق تھی۔ ڈاکٹر صاحب کے اپنے کنبے کے تو صرف تین افراد تھے۔ خود، اُن کی بیگم اور گھر کا تیسرا فرد تھا اُن کی اکلوتی بیٹی فردوس۔۔۔ ان سے بھلا گھر میں کیا چہل پہل ہو سکتی ہے؟ اس لیے یہاں عام طور پر اُداسی ہی رہتی تھی، البتہ کہیں سے مہمان آجاتے تھے تو چند گھنٹوں کے لیے اُداسی دُور ہو جاتی اور اُس دن جو صبح سے ڈاکٹر صاحب کے گھر میں ہنگامہ برپا تھا تو

یہ اس وجہ سے تھا کہ اُن کی چھوٹی بہن اپنے چھ بچوں کے ساتھ آئی ہوئی تھیں۔ یہ بہن توڈاکٹر صاحب کی بیگم سے باتیں کر رہی تھی اور سارے بچے کوٹھی کے اندر خوب صورت باغ میں کھیلتے ہوئے شور مچارہے تھے۔

فردوس یونیورسٹی میں لیکچرر تھی۔ یونی ورسٹی سے واپس آکر وہ زیادہ وقت اپنے کمرے میں گزارتی تھی۔ اُسے مطالعے کا بڑا شوق تھا۔

اپنے کمرے میں اُسے مطالعے کی پوری پوری سہولت حاصل تھی مگر گھر میں مہمان بچے آتے اور وہ شور مچاتے تو بُرا نہیں مانتی تھی بلکہ بچوں کو خوش دیکھ کر خود بھی خوش ہو جاتی تھی۔

باغیچہ اس کے کمرے کے سامنے واقع تھا۔ اُس نے محسوس کرلیا تھا کہ وہ بچوں کے شوروغُل میں دھیان سے مطالعہ نہیں کر سکتی اس

لیے کتاب ایک طرف رکھ کر وہ کرسی پر کھڑکی کے سامنے بیٹھ گئی تھی اور بچوں کو طرح طرح کے کھیلوں میں مصروف دیکھ کر لطف اُٹھا رہی تھی۔ اچانک اُسے یاد آیا کہ رات اپنی سہیلی سے باتیں کرتے ہوئے وہ اپنا پرس ڈرائنگ روم میں بھول آئی تھی۔

پرس کا خیال آیا تو وہ اُٹھ کر ڈرائنگ روم میں جانے لگی۔ پرس وہاں نہیں تھا جہاں اُس نے رکھا تھا۔ اِدھر اُدھر صوفوں پر نظر ڈالنے کے بعد اُسے اپنا پرس تپائی پر دکھائی دیا۔ وہ تپائی کی طرف بڑھی اور پرس اُٹھا کر دوبارہ اپنے کمرے میں آگئی۔ کرسی پر بیٹھتے ہوئے اُس کی نظر بچوں پر پڑی تو اُس نے دیکھا کہ سب کے سب جھک کر ایک پودے کے نیچے کسی چیز کی تلاش میں لگے ہیں۔

یہاں کیا چیز پڑی ہے جسے ڈھونڈ رہے ہیں، شاید گیند ہو گی لیکن گیند سے تو یہ کھیل ہی نہیں رہے تھے پھر یہ کیا شے ہے؟

''کیا ہے افشاں؟'' اُس نے بچوں کی بڑی بہن کو مخاطب کر کے کہا۔

افشاں نے آواز سُن لی تھی اور اُس نے جواب بھی دیا تھا جو فردوس سن نہیں سکی تھی۔

فردوس نے دوبارہ پوچھنے کے بجائے یہ بہتر سمجھا کہ خود باغ میں جا کر حقیقت معلوم کرے۔ چناں چہ وہ اپنے کمرے سے باہر آ کر باغ کی طرف جانے لگی۔

بچوں نے اُسے آتے دیکھا تو ایک طرف ہٹ کر ادب سے کھڑے ہو گئے۔

''کیا ڈھونڈ رہے ہو بچو''

''یہ جی!'' افشاں نے ایک ننھی سی رنگین شے اپنی ہتھیلی پر رکھ کر اُسے دکھائی۔

''باجی! میں نے تتلی کو پکڑ لیا تھا، لیکن وہ نکل گئی۔'' افشاں نے بتایا۔

''اور یہ کیا ہے؟'' فردوس نے پوچھا۔

''اُس کا پَر ہے، خود نہ جانے تتلی پودے میں کہیں گم ہو گئی ہے۔''

اتنا سننا تھا کہ فردوس کا چہرہ غصے سے سرخ ہو گیا۔ فوراً آگے بڑھ کر افشاں کے شانے کو اس زور سے دبایا کہ افشاں کی چیخ نکل گئی۔

''تمھارا شانہ ذرا دبایا ہے تو چیخ اُٹھی ہو۔۔۔ اُس معصوم کو اَدھ موا کر دیا اور گویا کوئی بات ہی نہیں ہوئی۔ شرم نہیں آئی بے چاری تتلی کو

معذور کرتے ہوئے، اب وہ اُڑے گی کیسے؟ بتاؤ نا اب کیسے اُڑے گی وہ؟''

فردوس کا ایک تو چہرہ غصے سے ڈراؤنا ہو گیا تھا، دُوسرا اُس نے یہ لفظ بڑے تلخ لہجے میں کہے تھے۔ سارے بچے ڈر کر کچھ پیچھے ہٹ گئے، جب کہ افشاں کے منہ سے تو آواز ہی نہیں نکل رہی تھی۔

افشاں کو ڈر سے زیادہ حیرت ہو رہی تھی کہ فردوس باجی نے ہمیشہ اس سے بڑا پیار کیا تھا اُسے ہر کام یابی اور عیدین پر خوب صورت اور قیمتی تحفے دیے تھے وہ حیران و پریشان کھڑی تھی۔

''اندر جاؤ۔۔۔ تم اس قابل نہیں ہو کہ یہاں کھیلو۔۔۔ کتنا ظلم کیا ہے تم نے تتلی پر۔'' یہ کہہ کر فردوس گھومی اور واپس اپنے کمرے میں چلی گئی۔ وہ کرسی پر جا بیٹھی مگر جلد ہی اُٹھ گئی، ایک دیوار سے

دُوسری دیوار تک گئی۔ کھڑکی کے سامنے پہنچی بچے ایک دائرے کی صورت میں بیٹھے اس طرح باتیں کر رہے تھے جیسے سرگوشیاں سی کر رہے ہوں۔ افشاں پودے کی ایک ٹہنی کو اپنے ایک ہاتھ میں تھامے بیٹھی تھی اُس کی نظریں جھکی ہوئی تھیں۔

فردوس کھڑکی سے ہٹ کر دوبارہ کرسی کی طرف آئی اور اپنے ہاتھ اُس کی پشت پر رکھ کر کچھ سوچنے لگی۔ شاید وہ سوچ رہی تھی کہ اس نے جو کچھ کیا ہے وہ درست ہے یا غلط۔

دو تین منٹ اسی حالت میں گزر گئے۔

''باجی جی''

آواز سن کر اُس نے دروازے کی طرف دیکھا۔ افشاں کھڑی تھی۔

''باجی! میں آجاؤں؟''

اُس نے سر کے اشارے سے افشاں کو اندر آنے کی اجازت دی۔

افشاں دھیرے دھیرے اس کے پاس آ کر رُک گئی۔

''باجی! میں۔۔۔۔''

افشاں نے اپنا فقرہ مکمل نہ کیا اور فردوس نے اپنے سر کو اس انداز سے جنبش دی جیسے کہنا چاہتی ہو 'میں جانتی ہوں تمھارے دل میں کیا ہے۔' فردوس نے افشاں کا ہاتھ پکڑ لیا اور اُسے صوفے کی طرف لے چلی۔ دونوں ایک دُوسرے سے کچھ کہے بغیر پاس پاس بیٹھ گئیں۔

''باجی! میں شرمندہ ہوں اپنی حرکت پر۔۔۔۔ میں جانتی ہوں آپ کو دُکھ ہوا ہے۔ آپ تو بہت ہی اچھی باجی ہیں آپ نے کبھی مجھ پر غصّہ نہیں کیا۔

افشاں کا ہاتھ ابھی تک فردوس کے ہاتھ میں تھا جسے وہ دبانے لگی تھی۔

''مجھے دُکھ ہوا تھا اس لیے سخت لفظ کہہ دیے۔'' فردوس بولی۔

''معاف کر دیجیے نا باجی''

فردوس نے افشاں کا ہاتھ چھوڑ دیا اور اپنے ہاتھ سے اس کا شانہ تھپتھپانے لگی۔

''باجی! شاید کوئی بات ہے اگر آپ یہ بات بتا دیں تو باجی میں بہت ممنون ہوں گی۔''

''یقیناً ایک بات ہے۔''

افشاں نے اُسے سوالیہ نظروں سے دیکھا۔ وہ اُٹھی، کھڑکی کے قریب دیوار میں جو الماری تھی اس کا ایک پٹ کھولا اور اس میں سے ایک کتاب لے کر واپس اپنی جگہ پر آ کر بیٹھ گئی۔

''یہ دیکھو۔'' فردوس نے کتاب کھولی ایک صفحے پر تتلی کا ایک سفید پر لگا ہوا تھا۔

''دیکھ رہی ہو؟''

''جی باجی''

فردوس چند لمحے خاموش رہی۔ کتاب بند کر کے صوفے کے بازو پر رکھ کر کہنے لگی۔

''میں جب تمھاری عمر کی تھی تو اپنی سہیلیوں کے ساتھ تتلیوں کے پیچھے بھاگا کرتی تھی۔ بڑی کوشش کے باوجود کوئی تتلی میرے ہاتھ نہیں آتی تھی۔ میری ناکامی پر میری سہیلیاں ہنس دیا کرتی تھیں۔ ایک مرتبہ میں نے ایک پھول پر ایک بالکل سفید تتلی دیکھی، ارادہ کر لیا کہ اُسے پکڑ کر ہی چھوڑوں گی۔ اس وقت میرے پاس کوئی نہیں تھا۔ میں دبے پاؤں آگے بڑھتی گئی یہاں تک کہ پھول کے بالکل قریب پہنچ گئی۔ آہستہ سے ہاتھ بڑھایا اور اُسے پکڑ لیا۔ وہ تڑپی اُس کا پَر میرے ہاتھ میں رہا اور وہ نظروں سے اوجھل ہو گئی۔

مجھے اپنی ناکامی پر افسوس ہوا لیکن میں نے اُس کا پَر تو اپنے قبضے میں کر ہی لیا تھا۔ یہ پَر میں مٹھی میں بند کر کے اپنے کمرے میں لے آئی اور

اُسے کتاب میں رکھ دیا۔'' فردوس سانس لینے کے لیے رُکی اور پھر دوبارہ کہنا شروع کیا۔

''دسویں جماعت کا نتیجہ نکلا تو میں نے اچھے نمبروں کے ساتھ امتحان پاس کرلیا۔ مجھے ایسی خوشی ہوئی کہ پھولی نہیں سماتی تھی۔ اس حالت میں سیڑھیوں سے نیچے اُترنے لگی تو نہ جانے کس طرح دُوسری تیسری سیڑھی پر ہی پاؤں پھسل گیا اور میں دھڑام سے آخری سیڑھی سے نیچے جاگری۔ دھماکے کی آواز سن کر ابا امی بھاگے بھاگے آئے۔

چوٹوں کی وجہ سے میں بے ہوش ہوگئی۔ ڈاکٹر آیا اُس نے معائنہ کیا، ہوش آنے کے بعد درد کے مارے میرا بُرا حال تھا۔ جگہ جگہ چوٹ

آئی تھی۔ سب سے زیادہ درد میرے شانے میں ہورہا تھا جو بُری طرح زخمی ہوگیا تھا۔

اچھے نمبروں سے پاس ہونے کی ساری خوشی خاک میں مل گئی۔ اب میں تھی اور رات دن پلنگ۔ چلنا پھرنا موقوف۔۔۔۔ ہروقت لیٹی رہتی تھی۔ دن گزرتے گئے اور میری حالت آہستہ آہستہ بہتر ہونے لگی، اس دوران میں ہر روز عزیز، رشتہ دار، میری سہیلیاں میری تیمارداری کرتی رہیں۔ میں ان سب چہروں کو اچھی طرح پہچانتی تھی مگر کبھی کبھی ایک ایسا چہرہ بھی دکھائی دے جاتا تھا جسے میں نہیں پہچان سکتی تھی۔ لگتا تھا اُسے میں نے پہلے یا تو کبھی دیکھا ہی نہیں ہے اور دیکھا بھی ہے تو بھول گئی ہوں۔

یہ ایک لڑکی تھی عمر میں مجھ سے چھوٹی، سفید لباس پہنے ہوئے، اس وقت آتی تھی جب میرے پاس کوئی تیماردار نہیں ہوتا تھا۔ بڑی خوش دلی سے مجھے دودھ پلاتی رہتی، سیب کاٹ کر دیتی تھی، دوا کے وقت دوا پلاتی تھی۔

میں نے کئی بار چاہا کہ اس سے پوچھوں کہ آپ کا نام کیا ہے؟ مگر یہ سوچ کر نہ پوچھ سکی کہ کہے گی ہر روز آتی ہوں اور یہ میرا نام ہی نہیں جانتی۔

ایک شام میرے شانے میں بڑا درد محسوس ہو رہا تھا۔ درد کی شدت سے میں نے آنکھیں بند کر رکھی تھیں۔ یکایک قریب سے اس لڑکی کی میٹھی سی آواز سنائی دی

'سو رہی ہیں آپ؟'

'نہیں۔۔۔شانے میں بڑا درد ہے۔'

'اوہو۔۔۔شانے کا درد ہوتا ہی بڑا سخت ہے۔'

اُس کی آواز میں ایسا درد بھرا تھا کہ میں نے بے اختیار آنکھیں کھول دیں اور۔۔۔۔''

فردوس خاموش ہوگئی۔ افشاں جو بڑی توجہ سے اُس کے الفاظ سن رہی تھی بولی: ''اور۔۔۔باجی؟''

فردوس کے ہونٹ حرکت میں آ گئے۔

''میں نے دیکھا کہ اُس لڑکی کا پورا بازو غائب ہے۔ یک لخت مجھے اس تتلی کا خیال آگیا جس کا ایک پَر میں نے نوچ ڈالا تھا۔ مجھے لگا کہ یہ وہی تتلی ہوگی۔''

''اوہ... میرے اللہ!'' افشاں کے منہ سے نکلا۔

فردوس نے آنکھیں بند کرلیں اور جب کھولیں تو اُس کی پلکیں بھیگی ہوئی لگتی تھیں۔ اُس وقت اُس نے مجھے جن نظروں سے دیکھا تھا وہ نظریں میں آج تک نہیں بھول سکی اور نہ کبھی بھول سکوں گی۔

فردوس نے گلوگیر آواز میں کہا۔

اب افشاں کی آنکھوں سے بھی آنسو ٹپک پڑے تھے۔

***

تدوین اور ای بک کی تشکیل : اعجاز عبید